나라를 위해 싸운 간호사 박자혜

나라를 위해 싸운 간호사
박자혜

초판 1쇄 발행 | 2025년 3월 30일

글쓴이 | 한상순
그린이 | 이갑규

펴낸이 | 조미현
책임편집 | 황정원
편집진행 | 박단비
디자인 | 이하나
마케팅 | 임혁
제작 | 이현

펴낸곳 | (주)현암사
등록 | 1951년 12월 24일 · 제10-126호
주소 | 04029 서울시 마포구 동교로12안길 35
전화 | 02-365-5051 · 팩스 | 02-313-2729
전자우편 | child@hyeonamsa.com
홈페이지 | www.hyeonamsa.com
인스타그램 | instagram.com/hyeonam_junior

ⓒ 한상순, 이갑규 2025

ISBN 978-89-323-7651-6 73810

- 이 책은 저작권법에 따라 보호를 받는 저작물이므로 저작권자와 출판사의 허락 없이 이 책의 내용을 복제하거나 다른 용도로 쓸 수 없습니다.
- 책값은 뒤표지에 있습니다. 잘못된 책은 바꾸어 드립니다.
- 현암주니어는 (주)현암사의 아동 브랜드입니다.

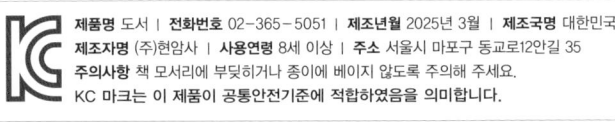

나라를 위해 싸운 간호사
박자혜

한상순 글 · 이갑규 그림

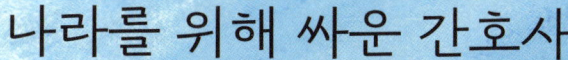

차례

들어가는 말 • 7

아기나인, 학교에 가다 • 9

첫 환자 • 22

누구라도 함께 가자 • 35

나는 간호사 독립운동가 • 48

박자혜 산파원 • 63

작가의 말 • 74

박자혜의 생애와 업적 • 78

들어가는 말

1919년 3월 1일. 독립 만세 운동이 일어나면서 다친 환자들이 총독부 의원으로 밀려들었다. 총칼을 두려워하지 않는 이들은 날마다 여기저기서 만세 운동을 펼쳤고, 부상자들은 끝없이 이어졌다.

그런데 일본인 의사들이 일본 군인만 치료하고, 한국인은 죽든 말든 신경 쓰지 않았다. 이때, 모든 상황을 지켜보던 한 간호사가 분노로 몸을 부르르 떨었다.

'아, 이제껏 내가 너무 생각 없이 살았구나. 그래서

지금 이렇게 당하는 거야. 이제 저들이 함부로 하지 못하도록 힘을 보여 줘야겠어.'

두 주먹을 꼭 쥐고 결심한 간호사는 조금도 망설임 없이 다른 간호사들을 설득해 독립운동에 참여하기로 뜻을 모았다.

그가 바로 간호사들의 독립운동 단체인 '간우회'를 조직한 박자혜다.

아기나인, 학교에 가다

"박 나인! 박 나인도 소문 들었어?"

문을 벌컥 열고 들어온 궁녀 김 나인이 숨을 헐떡이며 말했어.

"무슨 일인데 또 그렇게 호들갑이니?"

순종 황후가 입을 예복에 수를 놓던 자혜가 손을 멈추고 물었어.

"정말 몰라? 일본 놈들이 곧 궁녀들을 내쫓는다는 얘기?"

"그게 말이 돼? 우리 임금님도 가만히 계시는데,

무슨!"

"박 나인, 그렇지? 헛소문이겠지?"

"생각해 봐. 우린 임금님을 모시는 사람들인데, 자기들이 뭐라고!"

자혜는 김 나인에게 자신 있게 말했지만, 실은 스스로에게 이르는 말이기도 했어. 겉으로는 태연한 척했지만 두려운 마음은 어쩔 수가 없었거든.

사실 궁녀들을 내쫓는다는 소문은 일본과 '한일 병합 조약'을 맺었을 때도 나돌았던 이야기야. 한일 병합은 일본이 우리나라를 식민지로 만들기 위해 강제로 맺은 조약이었어.

김 나인이 간 다음에도 자혜는 한참을 멍하니 앉아 있다 겨우 다시 수를 놓기 시작했어.

"아얏!"

바늘에 찔린 손가락에서 피가 흘렀어.

'정신 차려야지.'

자혜는 찔린 손가락을 꼭 쥔 채 마음을 가다듬었어. 그리고 답답한 가슴을 달래려고 밖으로 나왔어. 한겨울 짧은 해가 인왕산 너머로 뉘엿뉘엿 지고 있었어.

궁은 여느 때랑 달라진 게 없었어. 그래도 굳이 달라진 게 있다면, 서너 명씩 모여 속닥이는 견습 나인이 눈에 띌 정도였지.

복잡한 생각에 자혜는 궁 여기저기를 몇 번이나 왔다 갔다 했어. 방에 돌아왔을 때는 서쪽 하늘에서 빛나는 개밥바라기별이 추위에 떨고 있는 것 같았지.

자혜는 이불을 덮고 누워 잠을 자려고 했지만, 좀처럼 잠이 오지 않았어.

'아무 일 없어야 할 텐데…….'

자혜는 새벽녘이 되어서야 설핏 잠이 들었어.

온갖 소문이 꼬리를 물던 어느 아침이었어. 한 해가 저무는 1910년 12월 30일, 아직 순종 임금이 아침상을 물리기도 전이었지. 총칼을 찬 일본군 무리가 궁으로 들어와 이곳저곳을 들쑤시고 다니며 소리쳤어.

"대한 제국은 임금이 없어지고, 일본 천황이 다스릴 것이다. 이는 위대하신 우리 일본 대제국 천황께서 너희에게 자유를 주신 것이다. 그러므로 궁녀들은 한 달 안에 모두 이 궁을 떠나도록 하라."

'뭐라고? 우리에게 자유를 주는 거라고?'

자혜는 주먹을 불끈 쥐며 벌떡 일어났어. 피가 거꾸로 솟는 것 같았지.

감히 임금이 계시는 궁에 제멋대로 들어와서 거

짓말을 해 대는 꼴을 가만두고 볼 수가 없었거든.

자혜는 사람들을 불러 모았어.

"우리가 궁을 지켜 냅시다. 저놈들이 뭐라 떠들건 간에 우리는 여기서 한 발자국도 떼지 맙시다!"

궁녀부터 견습 나인, 허드렛일을 하는 무수리들까지 모두 창경궁 마당에 모였지.

"당장 해산하라!"

어느새 일본군들이 달려와 발을 구르며 소리를 질렀지. 하지만 마당에 모인 사람들은 꿈쩍도 안 했어. 그렇게 밤이 되었어.

"이제 모두 들어가세. 이만하면 우리 뜻은 전해졌을 걸세."

맏어른인 제조상궁의 눈물 젖은 목소리에 자혜는 참았던 울음이 터지고 말았어. 그러자 기다렸다는 듯 모두가 한꺼번에 목 놓아 울기 시작했지.

어쩔 수 없이 각자 방으로 돌아가면서도 울음은 쉽게 그치지 않았어.

'누가 뭐래도 난 여길 못 떠나!'
다섯 살에 아기나인으로 조 상궁을 따라 궁에 들어온 자혜는 이제 이곳을 떠나서는 못 살 것 같았지.
얼마 후, 조 상궁이 조용히 자혜를 불러 놓고 말했어.
"내가 듣기로 다들 궁을 나가 살길을 찾고 있다더구나."
"네, 바느질하던 침방나인은 한복집, 음식을 만들던 소주방 나인은 주점, 옷에 수를 놓던 수방나인은 수놓는 점방을 차린다고 합니다."
"그럼 너도 뭔가 정한 게 있더냐?"
"마마님, 죄송하게도 저는 궁을 떠나서는 못 살

것 같습니다."

자혜는 눈물을 안 보이려고 고개를 푹 숙였어.

"그래, 그렇겠지. 그래서 말인데, 나는 네가 공부를 더 했으면 하는데, 네 생각은 어떠냐?"

"네? 공부요? 제가 공부를 한다구요?"

자혜는 귀가 번쩍 뜨였어. 몇몇 궁녀가 학교에 다닌다는 소문이 있었지만, 자혜에게는 꿈같은 이야기였거든.

"너도 알고 있을지 모르겠구나. 고종 임금님의 순헌황 귀비 엄비 마마가 세운 학교 말이다."

"아, 숙명 여학교요? 거길 제가 다닐 수 있다고요?"

"맞아. 그럼 잘 생각해 보고 내일 아침까지 답을 다오."

"마마님, 내일 아침까지 못 기다리겠어요. 저, 공

부하겠습니다! 흑흑!"

자혜는 공부라는 말에 참았던 눈물이 왈칵 쏟아졌어.

숙명 여학교에 들어간 자혜는 공부가 그렇게 재밌을 수가 없었어. 마치 새 세상에 다시 태어난 것 같았지.

국문, 한문, 일본어, 붓글씨, 수학, 재봉……

국문, 한문은 궁에서 지낼 때도 밥 먹듯 익혔던 거야. 재봉? 옷감을 자르고 바느질하는 재봉 일이야 눈을 감고도 할 수 있었지.

어려운 건 분수와 소수를 계산해야 하는 수학이었어. 그래서 수학 문제는 밤을 새워 가며 풀고 또 풀었어.

동녘이 어렴풋 밝아오자, 창문을 활짝 열어젖히

며 자혜가 중얼거렸어.

"궁에서는 밤낮없이 수를 놓았는데, 이렇게 재밌는 공부로 밤샘하는 것쯤이야!"

첫 환자

　자혜는 공부만 좋아하는 게 아니었어. 체육 시간에 단체 줄넘기를 할 때도 끝까지 남아 억척스럽게 뛰었지.
　"자혜야, 넌 못하는 게 뭐니?"
　친구들은 자혜가 부러우면서도 자랑스러웠어.
　"박자혜, 넌 책임감이 강하고 지도력도 뛰어나. 그러니 공부를 계속해서 나라에 꼭 필요한 사람이 되었으면 좋겠다."
　선생님도 반장인 자혜를 입버릇처럼 칭찬했어.

'이제 졸업하면 무얼 할까?'

몇 년 전, 궁을 나가야 한다는 말을 들었을 때도 자혜는 똑같은 고민을 했었지. 순간, 궁에서 지냈던 지난날이 어제 일처럼 떠올랐어.

자혜가 열두 살 때였어. 저녁을 먹은 게 체했는지, 열이 나고 배가 아프면서 토하고 설사를 했어.

조 상궁이 의녀들을 불러왔어.

의녀들은 약을 달이고, 물수건을 대 주고, 토할 때마다 등을 두드려 주느라 뜬눈으로 밤을 새웠어. 어린 마음에도 의녀는 자기 자신보다 아픈 사람을 위해 존재하는 것 같다는 생각이 들었지.

'그래, 나도 간호사가 되어 아픈 사람을 돌보면 좋을 것 같아.'

자혜는 숙명 여학교를 졸업하자마자 조선 총독부 의원 의학 강습소 간호과에 입학했어. 할머니가

돌아가시고, 가족이 없는 자혜는 공짜로 공부할 수 있다는 것만으로도 기뻤지.

조선 총독부 의원 의학 강습소는 몇 년 전, 자혜가 지냈던 창경궁 맞은편에 있었어.

"네가 이렇게 간호사가 되려고 한다니 기특하구나."

입학식에 온 조 상궁이 기뻐하며 자혜를 칭찬했지.

'생리학, 해부학, 소독법, 수술 보조……'

자혜는 시간표만 봐도 가슴이 설렜어. 공부라면 자다가도 벌떡 일어나는 자혜에게 새로운 학문은 언제나 가슴을 뛰게 만들었지.

특히나 붕대를 감고, 소독법을 익히고, 수술 기계 이름을 외우면서는 어서 빨리 병원 실습에 나가고 싶었어.

다음 해 4월, 담 너머로 보이는 창경궁 회화나무

가 여린 잎을 막 틔울 때였지.

기숙사를 나서 첫 실습 병원을 향해 걷는 자혜는 붕붕 나는 듯했어. 살랑살랑 불어오는 봄바람처럼 마음도 한껏 부풀었지.

병원 문을 들어서자 소독약 냄새가 훅, 코끝에 닿았어.

'흠, 바로 이 냄새야.'

자혜는 이 냄새가 좋았어. 병원 냄새를 맡으면 지저분한 게 다 소독되어 몸속까지 깨끗해지는 기분이었거든. 병원의 하얀 벽과 딱 맞아떨어지는 냄새였어.

자혜는 수간호사에게 교육을 받을 때도 눈이 반짝반짝 빛났어. 무엇 하나라도 놓칠까 봐 받아쓴 메모가 공책에 가득 찼지.

"박자혜 간호 학생은 실습 태도가 참 좋아요. 바

로 환자를 맡아도 되겠어요."

 며칠을 지켜보던 수간호사가 말했어.

 그러던 어느 날, 점심시간이 조금 지났을 때였지.
"선생님, 우리 아 좀 봐 주이소."
 할아버지가 아이를 데리고 들어오며 소리쳤어.
 아이는 왼쪽 눈두덩에 퍼런 멍이 들고, 퉁퉁 부어서 눈을 뜨지 못했어.
"학교 운동장에서 선생이 이렇게 어린 것을……."
 할아버지는 말을 맺지 못하고 눈물을 훔쳤어. 아이가 말했어.
"그네를 타고 있는데, 같은 반 겐토가 나더러 내리라고 밀쳤어요. 안 떨어지려고 그넷줄을 잡다 팔꿈치로 겐토 머리를 쳤는데, 그걸 자기 아버지한테 일렀어요."

"그럼 겐토 아버지가 이 지경을 만든 거야?"

자혜가 아이의 다친 상태를 살피며 물었어.

"겐토 아버지는 우리 일본어 선생님이거든요. 겐토 머리를 때렸으니, 너도 맞아야 한다며……."

자혜의 첫 환자, 아홉 살짜리 창수가 아직도 억울하다는 듯 씩씩거렸어.

"세상에나!"

자혜는 어처구니가 없어 말문이 다 막혔지. 몇 년 전 임금이 사는 궁궐에 들어와 여기저기 짓밟고 다니던 일본군들이 다시금 생각났어.

"선생이라는 사람이 아이를 어쩜 이렇게 때렸을까요?"

자혜가 떨리는 가슴을 진정시키며 수간호사에게 말했어.

"그러게 말이야. 선생 노릇 할 자격도 없는 거지.

시력에 이상이 없어야 할 텐데, 큰일이구나."

수간호사가 낮은 목소리로 걱정스럽게 말했어.

자혜는 궁에서 의녀들이 자기에게 베풀었던 것들이 다시금 생각났어.

"창수야, 찬물 찜질 좀 더 하자. 부은 게 빠져야 눈 검사를 제대로 할 수 있거든."

자혜는 찬 물수건을 연신 창수 얼굴에 대 주었어.

"눈이 점점 더 무겁고 아파요."

창수가 불안한 목소리로 말했어.

"그래서 의사 선생님도 찬물 찜질을 열심히 하랬지? 부은 게 가라앉으면 좀 나아질 거야. 너무 걱정하지 마."

자혜는 밤새 창수를 돌보느라 한잠도 못 잤지. 날이 밝자, 자혜는 창수에게 글씨를 보여 주었어.

"자, 오른쪽 눈을 가리고 이것 좀 읽어 보렴."

"잘…… 안 보여요."

자혜를 바라보는 창수의 눈은 초점이 안 맞았어.

며칠이 지나도 눈은 나아지지 않았어.

그런데도 일본어 선생은 병원에 한 번도 나타나지 않았지. 사과는커녕 창수를 퇴학시키겠다고 윽박질렀어.

"휴! 짐승만도 못한 놈들."

할아버지는 하루에도 몇 번씩 주먹을 쥐고 부르르 떨었어.

'그냥 이렇게 두고 볼 순 없지.'

굳게 마음먹은 자혜가 일본어 선생을 찾아갔어.

"그래, 날 찾아온 이유가

뭐야?"

자혜를 위아래로 훑어보던 일본어 선생 야마모토가 팔짱을 낀 채 말했어.

"선생이 어린 창수에게 무슨 짓을 했는지 아십니까?"

자혜가 당당하고 침착한 태도로 물었지.

"뭐어? 무슨 짓?"

야마모토가 자혜를 노려보더니 군화로 교단을 차며 눈을 부릅떴어.

자혜는 무서울 게 없었어. 차분하게 야마모토의 잘못을 하나하나 짚어 가며 이야기했지.

야마모토는 얼굴이 붉으락푸르락, 안경을 썼다 벗었다 어쩔 줄을 몰랐어.

"당신이 선생이라면 적어도 창수에게 사과하는

양심이라도 갖길 바랍니다!"

마지막으로 야마모토 선생에게 이 말을 던지고 운동장을 걷는 자혜는 가슴이 후련했어.

자혜는 한 달, 두 달, 창수 간호에 모든 정성을 다 쏟았어. 그 덕에 창수의 눈도 차츰차츰 나아져 시력이 돌아오고 있었어.

그러던 어느 날이었어.

"아이고, 자혜 학생! 내 한을 풀어 줘서 고맙데이. 어젯밤에 겐토랑 그 애비가 찾아왔지 뭐꼬."

병실 복도에서 자혜를 기다리던 할아버지가 출근하는 자혜를 보더니 달려와 말했어. 자혜는 눈물을 글썽이는 할아버지 손을 꼭 잡으며 다짐했지.

'그래, 난 이렇게 힘없는 자들 곁에서 불의와 맞서 싸우는 간호사가 될 거야.'

이는 첫 환자와 다짐하는 약속이기도 했어.

누구라도 함께 가자

'집에서 아기를 낳다 죽는 산모가 많은데, 이들을 도울 방법이 있을까?'

자혜는 아이를 낳다 목숨을 잃는 산모들을 돕고 싶었어. 그래서 1년을 더 공부해서 조산사 면허증도 땄지. 조산사는 아기를 낳을 때 도와주는 산부인과 의사 역할을 하는 산파였어.

간호 학교를 좋은 성적으로 졸업한 자혜는 먼저 총독부 의원 간호사가 되었어. 하루하루가 금세 지나, 병원에 근무한 지 벌써 3년이란 세월이 흘렀지.

1919년 3월 1일, 긴 겨울을 벗어난 하늘은 눈이 시리도록 푸르렀지만, 아직 꽃샘바람이 옷깃을 여미게 했어.

총독부 의원에는 여느 때처럼 환자가 붐볐으나, 모든 것이 순조롭게 돌아가고 있었지.

점심시간이 막 끝날 때였어. 갑자기 병원 문을 박차고 다친 환자들이 밀려들었어.

"사람 살려!"

"여기요, 피, 피!"

"아이고, 아이고!"

여기저기서 울음소리와 앓는 소리가 뒤엉켜 응급실은 아수라장이 되었어.

처음에는 갑작스러운 상황에 모두가 당황했어. 하지만 곧 시내에서 '대한 독립 만세'를 외치던 사람들과 일본군 사이에 싸움이 일어난 걸 알게 되었지.

피범벅이 된 환자들을 보살피다 보니, 자혜의 흰 가운은 금세 벌겋게 피로 얼룩이 졌어.

그런데 일본인 의사들이 일본군만 골라 가며 치료를 하는 게 아니겠어?

"이 환자 좀 먼저 봐 주세요! 출혈이 너무 심해요!"

자혜가 출혈 부위를 힘껏 누르며 목청껏 의사를 불렀지만 돌아온 건 차디찬 표정뿐이었어. 일본인이 아니면 죽거나 말거나 상관없다는 얼굴이었지.

세상에! 뜨거운 불덩이가 자혜의 가슴을 치받고 올라왔어. 자혜는 자기도 모르게 주먹을 불끈 쥐고 이를 악물었지.

'당신 같은 사람이 무슨 의사야?'

당장 이렇게 따지고 싶었지만 꾹 참았어. 그 시간에 한 사람이라도 더 돌봐야 했으니까.

하지만 눈앞의 현실을 손 놓고 보고만 있을 순 없

었어.

  자혜는 병원 근무를 마쳤거나, 근무 번이 아닌 간호사들을 불러 모았어. 간호사들은 힘을 합해 한국인 부상자들의 피를 닦고, 약을 바르고, 붕대를 감았어. 차디찬 시멘트 바닥에서 떨고 있는 환자들에게 이불을 덮어 주었어.

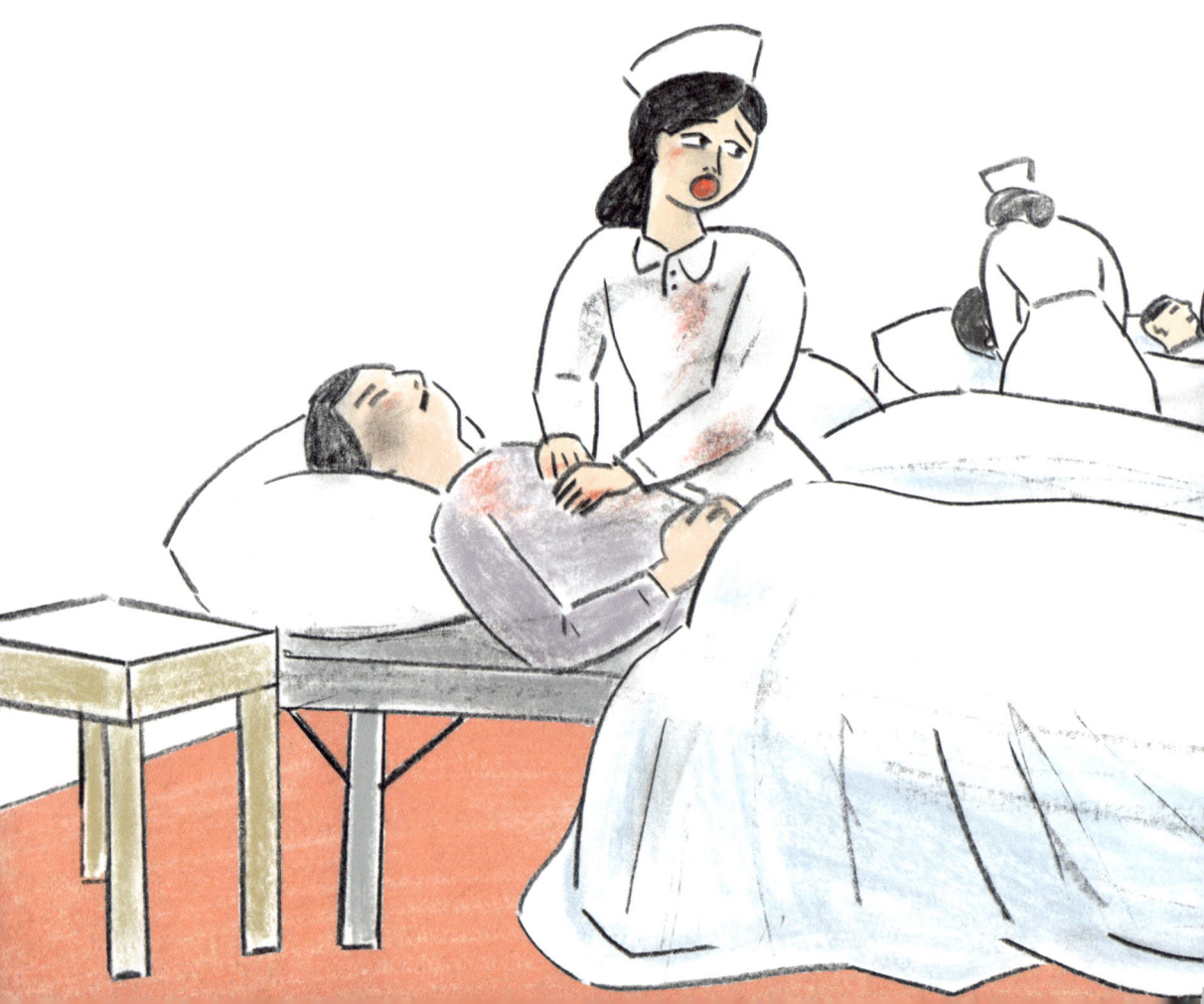

이를 본 일본인 의사가 소리를 질렀어.

"박자혜 간호사, 지금 뭐 하는 거지? 시키는 일이나 하시오!"

자혜는 눈썹 하나 까딱하지 않고 마땅히 해야 할 일을 했어. 그렇게 밤낮 가리지 않고 부상자를 돌봤지만, 힘든 줄도 몰랐지.

오히려 머릿속이 점점 맑아지는 기분이었어.

'그래, 나라 잃은 이 설움을 딛고 일어서야 해. 그러려면 우리가 힘을 모아야 해.'

자혜는 마음을 다지고 다졌어.

'이제부터 무엇을 어떻게 해 나갈 것인가.'

자혜는 구체적인 계획을 세워 나가기 시작했어.

1919년 3월 6일 오후 6시.

총독부 의원 옥상에는 남의 눈을 피해 한 명 두 명 간호사들이 모이기 시작했어.

"여러분, 지금 온 나라 안이 만세 운동으로 들끓고 있습니다! 아침에는 학교 가던 옆집 학생이, 점심에는 떡집 아줌마가, 저녁에는 생선 가게 아저씨가 독립 만세를 외치다 실려 옵니다. 그간 우리는 일본인 의사들의 파렴치하고 뻔뻔한 행동을 바로 눈앞에서 지켜보았습니다. 이제 우리가 발 벗고 나설 때

입니다. 여러분, 간호사인 우리가 힘을 모아 독립운동을 해 나갑시다!"

자혜의 조용하면서도 힘 있는 목소리는 간호사들의 마음을 촉촉이 적셨어. 간호사들은 너도나도 고개를 끄덕였지.

자혜는 간호사들의 독립운동을 위한 모임을 만들어 '간우회'라 이름 지었어. 간우회는 간호사들이 처음 만든 조직이었지.

간우회에서 제일 먼저 한 일은 만세 운동을 하는 거였어.

자혜는 회원들과 함께 사람들에게 나눠 줄 정보지와 태극기를 밤새워 몰래 만들었지.

3월 10일 아침, 총독부 의원은 일찍부터 환자들로 발 디딜 틈이 없었어. 환자들은 줄을 잇는데, 간호사들은 그림자도 찾아볼 수가 없었지.

"에잇, 도대체 이것들이 다 어딜 간 거야!"

일본인 의사가 머리끝까지 화가 나서 투덜댔어.

바로 그때였어.

"대한 독립 만세! 대한 독립 만세! 대한 독립 만세!"

총독부 의원 현관에서 만세 소리가 힘차게 울려 퍼졌어. 앞장서 만세를 부르던 자혜를 따라 간호사들이 태극기를 흔들며 거리로 나갔어.

이를 본 사람들이 하나둘 모여들어, 거리는 금세 만세 물결을 이루었어.

잠시 후, 일본 경찰들의 호루라기 소리와 함께 만세 행렬은 엎치락뒤치락 난장판이 되었지.

"어쩌자고 서울 한복판에서 만세를 부른 거냐? 그것도 감히 총독부 의원에서!"

경찰서에 갇힌 자혜는 이 말을 수도 없이 들으며 곤봉으로 얻어맞았어.

일본인이 주인인 병원에서 '대한 독립 만세' 소리가 터지자, 그들 자존심에 금이 간 거야. 그들 입장에서는 절대 있을 수 없는 일이었지.

잘못을 인정하고 빌라고 했지만 자혜의 마음은 호두 껍데기처럼 단단했어.

"나는 내가 할 일을 했을 뿐이오!"

뺨을 맞고 발길질을 당해 몸은 점점 만신창이가 되었지만, 흐트러짐이 없었어.

"퉤! 이런 순 악질!"

자혜는 '감시 대상 인물, 악질 간호사'라는 꼬리표를 달고 경찰서에서 풀려났어. 제대로 걸을 수 없었지만, 마음은 벅차고 설렜지. 마치 죽어 있던 나무에 새 움이 트는 걸 발견했을 때처럼 말이야.

나는 간호사 독립운동가

'간호사인 내가 나라를 위해 할 수 있는 일이 뭘까?'

병원으로 돌아온 자혜는 일본에 맞서 싸울 방법들을 고민했어.

'좋아, 우리가 함께 뭉쳐서 만만치 않다는 걸 보여 줘야 해. 이건 우리나라를 얕보지 말라는 뜻이기도 하지.'

자혜는 간우회 회원들을 불러 모아 자기 생각을 이야기했어.

"일본인 환자가 병원에 오면 일부러 진료 안내를 천천히 해서 의사 속을 태우는 거야. 그러니까, 다 같이 태업을 하자는 거지. 지렁이도 밟으면 꿈틀한다는 걸 보여 줘야 해."

"와, 좋은 생각이야. 나는 찬성!"

"나도 좋아. 이제 좀 억울한 게 가라앉는 것 같네."

"그렇게 하면 일본 군인들만 치료하고 차별했던 것을 뉘우치려나?"

간우회 회원들이 한마디씩 보태며 결심을 다졌어. 그리고 다음 날부터 바로 태업을 시작했지.

"김 간호사! 왜 이렇게 치료 준비가 늦어?"

"아니, 일하다 말고 어디 간 거야?"

"다음 환자 진찰 준비하라는데, 뭘 그렇게 꾸물대나?"

일본인 의사들이 목소리를 높였지만, 간호사들은 못 들은 척, 느긋하게 일했지.

'이번에는 좀 더 강하게 저항해 보자.'
이렇게 결심한 자혜는 먼저 총독부 의원에서 일하는 한국인 의사들을 한 명 한 명 찾아다녔어.

"선생님, 우리도 이제 가만히 앉아서 당할 순 없어요. 일본인 의사들이 우리 부상자들에게 한 짓을 옆에서 보셨잖아요."

"그래서 어찌 하자는 거요?"

"우리가 힘을 합쳐 태업과 파업으로 맞서면 돼요."

"파업? 그럼 일을 멈추자는 거요? 됐소. 난 마음 편히 살 테요."

하지만 자혜는 포기하지 않고 의사들을 계속 찾아가 설득했어.

밤이면 살벌한 일본 경찰의 눈을 피해 다른 병원까지 찾아다니며 함께하자고 설득했지.

"그럼 무얼 어떻게 하자는 거요?"

자혜의 당찬 눈빛과 술술 풀어내는 입담에 의사들도 하나둘 마음을 움직이기 시작했어.

"이 선생, 왜 이렇게 진료가 느려요? 문 앞에 줄 서 있는 게 안 보이나?"

병원장이 발을 동동 굴러도 의사들은 본 척 만 척 했어. 그러다보니 진료를 못 받고 돌아가는 환자들이 늘어났어. 게다가 의사들이 이 핑계 저 핑계를 대며 출근을 안 했지.

간호사들도 기숙사에서 꾀병으로 앓아누워 병원

에 안 나갔지.

"뭐라고? 오늘은 내과 의사가 말도 없이 결근을 했다고?"

"아니, 오늘은 외과 간호사가 안 나왔다고?"

이렇게 교대로 이어지는 의료진의 파업과 태업에 병원장은 죽을 지경이었지.

총독부 의원에서 시작된 태업과 파업 운동은 경성 시내 병원들로 들불처럼 번져 갔어. 아무리 병원장이 겁을 주어도 태업과 파업은 계속되었지.

일본 경찰은 주동자를 찾겠다고 여기저기 들쑤시고 다녔어. 이 일을 계획한 사람이 있다고 본 거야.

하지만 어찌나 조직적으로 움직이는지 아무리 해도 찾을 수가 없었지. 그러자 주동자를 신고하면 상금을 주겠다고 여기저기 현수막을 내걸었어.

현상금 유혹에 빠진 신고자 때문에 억울하게도

자혜는 다시 붙잡히고 말았어.

"어이구, 그때 그 순 악질 아니야? 그래, 또 들어오셨군?"

일본 경찰들이 머리채를 잡아 올리며 비아냥댔지.

"이번에는 제대로 못 걸어 나갈 줄 알아라."

일본 경찰들은 자혜에게 무릎을 꿇게 하고, 겁을 주며 매질을 했어. 자혜는 발길질에 여기저기 피투성이가 되었지만, 굴하지 않고 할 말을 다 했어.

경찰들은 일본의 조선인 감시 보고서 '사찰 휘보'에 자혜를 '악질적인 여자, 과격한 말을 하는 여자'라고 써 올렸지.

자혜가 총독부 의원 간호사라는 것이 알려지자, 병원장은 얼굴을 들고 다닐 수가 없었어. 분통이 터져 죽을 지경이었지만 자혜를 경찰서에서 데리고 나왔어.

"박자혜, 앞으로 꼼짝 말고 네 부서에서만 일해야 한다! 또한 병원 밖으로는 한 발짝도 못 나갈 줄 알아라!"

머리끝까지 화가 난 병원장이 흥분해서 고함치듯 말했어.

자혜 뒤엔 언제나 일본 경찰이 그림자처럼 따라붙었어. 밤중에 화장실만 가려 해도 불쑥 나타나곤 했으니까.

'아, 이곳에서 더는 독립운동이 힘들겠구나. 좋은 방법이 없을까?'

고민에 빠진 자혜는 밤잠을 이룰 수가 없었어.

'그래, 바로 이거다!'

자혜는 머릿속에 떠오른 생각에 자기도 모르게 손뼉을 쳤어.

"박자혜, 전보!"

일본인 병원 관리자가 봉투를 어서 열어 보라는 듯 턱을 주억거렸어. 사실 전보는 자혜의 부탁으로 중국 만주에서 보내온 가짜 전보였어.

마침 복도 끝에서 병원장이 의사들을 데리고 걸어오고 있었어.

아버지 위독, 급히 귀가 바람.

- 길림성에서 고모가 -

전보를 읽은 자혜가 큰 소리로 울기 시작했어.
"흑흑, 아버지, 아버지!"
자혜는 더욱 슬프게 울었어.

"그깟 일로 이 야단법석이야?"

전보를 훑어본 병원장이 한마디를 던지고는 콧방귀를 뀌고 가 버렸어.

가짜 전보로 휴가증을 받은 자혜는 간호사 가운을 벗어 가방에 넣었어.

경성역(지금의 서울역)으로 가는 길에 여러 차례 검문이 있었지만, 당당하게 휴가증을 내밀었지.

기차에 오른 자혜는 이마의 땀을 훔쳤어.

'이제 정말 내가 독립운동을 위해 떠나는구나!'

자혜는 호주머니에 있는 휴가증을 만지작거리며 차창 밖으로 멀어져 가는 경성의 풍경을 바라보았어.

기차 안에서도 몇 번의 조사가 있었지만, 휴가증을 보여 주며 무사히 만주역에 도착했어.

아는 사람 하나 없는 낯선 땅에 첫발을 딛게 된 자

혜는 만주 하늘을 올려다보며 두 주먹을 꼭 쥐었어.

얼마 후, 자혜는 방앗간을 하는 우응규의 도움을 받아 북경으로 갔어. 자혜는 연경 의과 대학에 입학하여 공부하면서도 독립운동가들을 만나 뭐든 도우려고 애썼어.

1920년 봄, 자혜는 이곳 북경에서 수년 동안 큰 뜻을 품고 독립운동을 하는 신채호를 만나 셋방에서 신혼살림을 시작했어. 두 사람이 함께 독립운동을 펼쳐 나가면 더 바랄 게 없을 것 같았지. 그리고 바로 다음 해, 큰아들 수범을 낳았어.

박자혜 산파원

"여보, 아무래도 여기서는 우리가 함께 독립운동을 하기엔……."

저녁상을 물린 신채호가 말문을 열었어.

자혜는 남편이 무슨 이야기를 하려는지 금세 눈치를 챘지.

"네, 말하지 않아도 알아요. 저도 당신과 의논하려던 참이었어요."

신채호가 말없이 고갤 끄덕였어. 자혜가 학교를 휴학하고 간호사로 취업해 한 푼 두 푼 독립운동자금을 마련해 나가고 있었지만, 가난한 형편은 나아지지 않았거든.

"제가 수범이를 데리고 경성으로 돌아갈게요. 산파 면허증도 있으니, 가서 산파원을 차리면 돼요. 당신은 이곳에서 가슴에 품은 뜻을 펼치세요. 저도 그곳에서 나라의 독립을 위해 일하면서 당신을 도울게요."

자혜는 아들 수범을 안고 경성으로 돌아왔어. 그리고 1922년 12월, 인사동 69번지에 초가집 한 칸을 빌려, '산파 박자혜'라는 간판을 내걸었어.

"과격분자, 박자혜가 돌아왔다!"

소문은 금세 종로 경찰서까지 퍼져 나갔지. 그러자 산파원에는 아기를 낳으러 오는 산모보다 일본 경찰이 더 자주 드나들었어.

어느 땐 산파원에 오는 산모까지 조사하려 드니,

누가 아이를 낳으러 오겠어.

게다가 툭하면 자혜가 독립운동가들과 몰래 연락한다고 넘겨짚고 경찰서로 끌고 가 두들겨 팼지.

사실 산파원은 중국 북경이나 텐진에서 활동하는 독립운동가와 국내 운동가들이 연락을 주고받는 데 중요한 역할을 하는 장소였어.

일본 경찰이 눈에 불을 켜고 산파원을 감시했지만, 자혜는 쫓기는 독립투사들을 목숨 걸고 감춰 주었어. 독립운동을 하러 떠나는 사람들에게 군자금을 전달하는 일도 멈추지 않았지.

산파원에서 수입이 없으니 여러 신문사를 돌며 군자금을 모금했어.

"선생님, 북경 가시는 길에 수범이 아버지께 전해 주세요."

종로 거리에서 참외 장사, 풀 장사를 해서 한 푼

두 푼 모은 돈도 남편에게 보냈어.

굶기를 밥 먹듯 하면서도 남편의 독립운동에 필요한 군자금을 꼬박꼬박 마련해 보냈지.

"엄마, 추워요."

불을 때지 못해 문고리가 쩍쩍 달라붙는 추운 밤에 수범이가 자혜 품속을 파고들었어. 밖에서 매서운 겨울바람이 산파원 창문을 덜컹거렸어. 그때였어.

'탁탁탁!'

자혜는 바람 소리인지 창문을 두드리는 소리인지 알 수가 없어 숨을 참고 귀 기울였어.

"탁탁탁, 탁, 탁!"

자혜는 벌떡 일어나 바깥을 살폈어.

이 노크는 독립운동가들이 산파원에 들를 때 쓰는 암호였거든.

한밤중에 찾아온 사람은 북경에서 남편이 보낸

의열단원 나석주였어. 의열단은 일본에 맞서 싸우는 무장 독립운동 단체였지. 나석주는 일본의 주요 기관에 폭탄을 투척하는 임무를 안고 자혜가 있는 경성으로 왔어.

"어서 오세요. 여기까지 오시느라 고생이 많으셨어요."

"네, 선생님. 반겨 주셔서 감사합니다!"

자혜는 반찬은 없지만 정성껏 상을 차렸어.

"이번 일을 위해 신채호 선생님께서 폭탄을 두 개나 마련해 주셨습니다."

식사를 마치고 나석주가 말을 꺼냈어.

"제발 이번 일이 성공하길 빕니다!"

자혜가 힘주어 말했지.

여러 가지 생각에 뜬눈으로 밤을 보낸 자혜는 동트기 전 나석주를 데리고 산파원을 나섰어.

거리로 나오자 한겨울 매서운 바람이 휙, 얼굴을 때렸어.

자혜는 자기도 모르게 주먹을 꼭 쥐었지.

"이쪽 길을 곧바로 가면 조선 식산 은행(일본이 조선에 대한 경제적 침략을 위해 세운 은행)이 나와요. 그리고 저곳이 동양 척식 주식회사(일본이 조선의 경제를 착취하기 위해 세운 회사)구요."

황금정(지금의 을지로)에 접어들자 자혜가 차근차근 길 안내를 했어.

나석주는 주로 중국에서 활동했기 때문에 서울 거리는 생소했거든.

'이분은 해낼 것 같아.'

자혜는 나석주의 눈이 날카롭게 빛나는 걸 보자 왠지 마음이 놓였어.

둘은 거사를 치르기에 알맞은 장소를 찾느라 사

람들의 눈을 피해 몇 번씩 조선 식산 은행과 동양 척식 주식회사를 왔다 갔다 했어.

"나 선생님, 여기 어때요? 딱 이 자리에서 던지면 좋을 것 같은데요."

자혜의 말에 나석주가 고개를 크게 끄덕였어.

다음 날 정오, 자혜가 어느 중국인을 뒤쫓아 걸었어. 중국인으로 변장한 나석주였지.

나석주가 산파원을 나서자 자혜도 뒤따라 나왔어. 도저히 혼자 보낼 수가 없었거든.

자혜는 걸으면서 나석주 주위를 한시도 놓치지 않고 살폈지.

1926년 12월 28일, 오후 2시.

자혜는 사람들을 뚫고 식산 은행으로 들어가는 나석주를 가슴 조이며 지켜보았어.

잔뜩 흐린 하늘에서 한 송이, 두 송이 함박눈이 날리기 시작했어.

자혜는 '콰앙!' 하고 폭탄이 터지는 순간을 기다렸지.

입속으로 하나, 둘, 셋……, 아홉, 열, 열하나, 셈을 셌어.

입이 바짝바짝 마르고 심장이 쿵쾅쿵쾅 터질 것 같았지.

"탕, 탕!"

잠시 후, 자혜는 폭탄 터지는 소리가 아닌 총소리를 듣게 되었어.

순간, 머리에 스치는 불길한 예감과 함께 자혜는 총소리가 나는 쪽으로 뛰기 시작했어.

굵어진 눈발이 자혜의 머리 위로 하얗게, 하얗게 내려앉았어.

작가의 말

"여러분, 지금 모두가 독립을 외치고 있는데, 모른 척 하고 가만히 있다면 어찌 한 민족이라 할 수 있겠습니까!"

당당하고 거침없는 말솜씨로 간호사들을 움직여 독립운동 단체 '간우회'를 만든 박자혜.

궁녀의 신분을 벗어나 근대 교육을 받고 간호사가 된 박자혜는 편안한 삶을 선택할 수도 있었다.

그러나 1919년 3월 1일, '독립 만세'를 외치다 다친 부상자를 간호하면서 큰 깨달음을 얻고, 독립운동에 온몸을 던진다. 박자혜는 일본의 감시로 독립운동이 어려워지자, 중국 만주행 기차에 몸을 싣는다.

중국 연경 대학교 의학과에 입학한 것도 어쩌면 독립운동을 위한 선택이었을 것이다. 하지만 운명처럼 그곳에서 단재 신채호를 만나 결혼하고, 평생 독립운동가들을 위해 살 것을 다짐한다.

박자혜는 겨울에도 아궁이에 불을 때지 못할 만큼 가난했지만, 독립을 위한 일이라면 물불을 가리지 않았다. 일본의 감시에도 독립투사들을 계속해서 도왔기에, 갖은 고문에 시달려야 했다.

아들 수범이 "학교에서 돌아와 엄마가 집에 없으면 종로 경찰서를 찾았고, 그때마다 유리창 너머로 맞아서 퉁퉁 부은 엄마를 볼 수 있었다."라고 할 정도였으니 말이다.

힘겹게 살아가던 박자혜는 편지 한 통을 받는다.

독립운동을 위해 생이별한 남편 신채호가 위독하다는 편지였다. 박자혜는 곧장 남편을 보러 중국으로 갔지만, 1936년 2월 21일, 신채호는 끝내 뤼순 감옥에서 눈을 감는다.

남편의 유골함을 받아 든 박자혜의 심정은 어땠을까.

간호사 신분으로 평생을 나라의 독립을 위해 싸웠지만, 박자혜 또한 조국의 해방을 보지 못한 채 생을 마감한다.

지금, 충청북도 청주시에 있는 신채호 사당에 가면 동상으로나마 서로를 지켜 주고 있는 부부를 만나 볼 수 있다.

'나는 당신이 남겨 놓고 가신 비참한 잔뼈 몇 개를 집어넣은 궤짝을 부둥켜안고 마음 둘 곳 없어 하나이다…….'

단재 신채호의 영전에 바친 박자혜의 심정을 다시 들으며,
한상순

박자혜 생애와 업적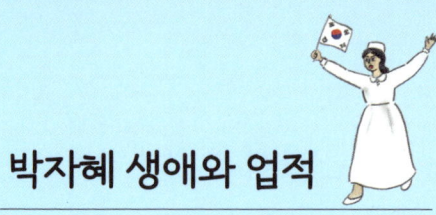

1895년   12월 11일 경기도 양주에서 태어나 네다섯 살에 아기나인으로 궁궐에 들어감.

1910년   조선 왕조가 망하면서 12월 30일, 궁에서 나오게 됨.

1914년   숙명 여자 고등 보통 학교 졸업.

1916년   조선 총독부 의원 부속 의학 강습소 졸업 후, 조선 총독부 부속 병원 간호사로 입사.

1919년   3.1 만세 운동 당시 일본인 의사들의 차별 진료에 분노함.

   3월 6일 간호사 최초 독립운동 단체인 '간우회' 조직.

   3월 10일 총독부 의원에서 '대한 독립 만세'를 부르며 거리로 나가 시위를 함.

   '태업'과 '동맹 파업'에 앞장섰다는 이유로 낙인이 찍혀 독립운동을 못 하게 되자, 만주로 떠남.

   북경 연경 대학 의예과에 입학해 여성 축구부를 만

	들고, 주장이 되어 적극적으로 활동함.
1920년	단재 신채호와 결혼.
1921년	1월 15일 맏아들 수범 출산.
1922년	경제적으로 어려워지자, 딸을 임신한 몸으로 서울로 돌아옴. 인사동 69번지에 '산파 박자혜' 간판을 걸고 조산원 문을 엶.
1924년	영양실조로 딸 수정 사망.
1926년	의열단원 나석주 의사가 동양 척식 주식회사와 조선 식산 은행에 폭탄을 투척할 수 있도록 도움.
1928~29년	실명 위기에 놓인 남편을 위해 6년 만에 중국 북경으로 가 근처 병원에서 돈을 벌며 간호함. 둘째 아들 두범 출산.
1930년	4월 28일 신채호가 재판에서 10년 형을 선고받아 옥바라지함.
1936년	2월 21일 뤼순 감옥에서 신채호 사망 후, 유해를 안고 귀국함.

	남편을 잃은 절절한 심정을 담은 '가신 임 단재의 영전에'라는 글이 잡지 「조광」에 실림.
1942년	둘째 아들 두범이 영양실조로 사망.
1943년	오랜 생활고와 호흡기 질환으로, 건강이 악화됨. 결국 10월 16일 셋방에서 홀로 사망.
1990년	독립운동가로서 공로를 인정받아 건국 훈장 애족장을 받음.
2009년	7월 국가보훈부가 선정하는 한국의 독립운동가 명단인 '이 달의 독립운동가'에 이름을 올림.
2020년	서울특별시 종로구 인사동 69번지에 '박자혜 산파터' 표석 세움.